AF456568

11 décembre 1913

VENTE

Des Jeudi 11 et Vendredi 12 Décembre 1913

HOTEL DROUOT, SALLE No ~~10~~ 11

A DEUX HEURES

EXPOSITION PUBLIQUE

Le Mercredi 10 Décembre 1913

De 2 heures à 6 heures

Successions de M. et Mme Emile FROMENT-MEURICE

TABLEAUX

OBJETS D'ART

ARGENTERIE, BIJOUX

Meubles Anciens

Me Édouard FOURNIER

COMMISSAIRE-PRISEUR

M. R. BLÉE

EXPERT PRÈS LE TRIBUNAL CIVIL DE LA SEINE

M. P. LECHANTEUX

LIBRAIRE

CATALOGUE

DES

GRAVURES

TABLEAUX ANCIENS

DÉCORATIONS MURALES

OBJETS D'ART ET DE VITRINE

NOMBREUSE ARGENTERIE, BIJOUX

Meubles Anciens

PENDULES ANCIENNES

SIÈGES

TAPIS, TENTURES

VAISSELLE, VERRERIE, MOBILIER, LINGE

LIVRES

Dépendant des Successions de Monsieur et de Madame Émile FROMENT-MEURICE

ET DONT LA VENTE AURA LIEU

HOTEL DROUOT, SALLE N° 2

LES JEUDI 11 ET VENDREDI 12 DÉCEMBRE 1913

A deux heures

COMMISSAIRE-PRISEUR

Me ÉDOUARD FOURNIER, 29, rue de Maubeuge

ASSISTÉ DE

Pour les Objets d'art et Tableaux :

M. RENÉ BLÉE

EXPERT PRÈS LE TRIBUNAL CIVIL

3, rue du Helder

Pour les Livres :

M. PIERRE LECHANTEUX

LIBRAIRE

7, rue Corneille

EXPOSITION PUBLIQUE

Le Mercredi 10 Décembre 1913, de 2 heures à 6 heures

CONDITIONS DE LA VENTE

Elle sera faite au comptant.

Les adjudicataires paieront *dix pour cent* en sus des enchères.

Paris. — Imp. de l'Art, Ch. Berger, 41, rue de la Victoire.

DÉSIGNATION

GRAVURES, TABLEAUX

1 — *Modèles de candélabres.*

Deux gravures en noir, d'après Raphael et Michel-Ange.

2 — Gravures diverses.

3 — Lithographies diverses, dessins, photographies.

4 — *Le Chien du Régiment. — Le Trompette.*

Deux gravures en noir, gravées par Lecomte ou Ch. Johannot, d'après Horace Vernet.

5-6 — *Le Chasseur égaré. — Cheval effrayé par la foudre.*

Deux estampes à la manière noire, gravées par P.-L. Debucourt, d'après Carle Vernet.

ANDRÉ DEL SARTO (Attribué à)

7 — *La Naissance de la Vierge.*

Dessin au crayon noir.

ÉCOLE ITALIENNE

8 — *Figure de Jeune Femme.*

ÉCOLE FRANÇAISE

9 — *Tobie et l'Ange.*

ÉCOLE ESPAGNOLE

10 — *La Vierge et l'Enfant Jésus et deux moines en adoration.*

Toile.

ÉCOLE FRANÇAISE (XVIIe siècle)

11 — *Deux petits Portraits de Femme.*

ÉCOLE FRANÇAISE

12 — *Jeune Femme près d'un ruisseau.*

MIGNARD (D'après)

13 — *Portrait de Madame de Maintenon.*

Toile.
Cadre en bois sculpté et doré.

POUSSIN (D'après N.)

14 — *La Sainte Famille.*

Toile
Cadre en bois sculpté et doré.

15 — Décor de tenture murale en papier peint, orné de volatiles dans les bambous. XVIIIe siècle. (Environ neuf panneaux.)

OBJETS DE VITRINE

FAIENCE, PORCELAINE

16 — Plusieurs petits vases, flacons et coupe en verre ancien.

17 — Lot de petites pièces en cire ou plâtre. (Anciens modèles de la *Maison Froment-Meurice*.)

18 — Deux écritoires en laque de Perse.

19 — Petit coffret, appliqué de feuille d'argent repoussé. XVIIe siècle.

20 — Petit coffret oblong en bois, décoré en laque dans le goût chinois. XVIIIe siècle.

21 — Petit encrier en bronze et cloisonné ancien.

22 — Poignard oriental, manche ivoire.

23 — Miniature persane ancienne.

24 — Cadre octogonal à pans coupés de glace, monture bronze ciselé, contenant une broderie avec figure de la Vierge. XVIIe siècle.

25 — Plaque ovale en émail peint : *Le Christ en croix*. Cadre à entrelacs d'argent.

26 — Objets de vitrine : éventails, carnets, cachets, etc.

27 — Petit groupe en ancien biscuit.

28 — Coffret en marqueterie.

29 — Coffret en laque de Chine.

30 — Cave à liqueurs, contenant quatre flacons et deux verres anciens.

31 — Coffret de toilette en noyer et décor fleur peint.

32 — Flacon en cristal, vase en porcelaine de Paris.

33 — Petits pots à crème en porcelaines diverses.

34 — Bonbonnière en laque de Pékin.

35 — Trois petits vide-poche en émail de Battersea.

36 — Moutardier en ancien grès réticulé.

37 — Tasses, saucières, sucrier, verseuse en porcelaine ou faïence diverses.

38 — Deux cache-pot en biscuit de Wedgwood.

39 — Pichet en ancienne faïence des Islettes.

40 — Deux assiettes en ancienne faïence contenant chacune une courge formant boîte.

41 — Paire de lampes, formées de vases et de couvercle, en ancienne faïence de Delft.

42 — Sculptures en plâtre : vases, statuettes, sujets divers, groupes, etc.

43 — Trois vases ou modèles, plâtre, grès ou faïence.

44 — Carafes ou vases en cristal.

45 — Coupe circulaire en porcelaine de Paris, décor gros bleu et or.

46 — Deux vases cache-pot en porcelaine de Paris, à réserves fleuries fond vert.

47 — Deux flacons en porcelaine de Paris.

48 — Deux vases Médicis en ancienne porcelaine ornée d'arabesques et de médaillons.

49 — Christ en ivoire sculpté, appliqué sur une croix contenue dans un cadre en bois sculpté. XVIIe siècle.

50 — Christ en porcelaine de Paris, appliqué sur une croix à bénitier.

51 — Vase-balustre en porcelaine de Chine bleu fouetté.

52 — Coupe rectangulaire en ancienne porcelaine de la Compagnie des Indes; monture en bronze ciselé et doré.

53 — Jardinière rectangulaire en tôle peinte, décorée de paysage.

54 — La Vierge à la Chaise. Panneau en velours Grégoire.

55 — Groupe : Vierge et l'Enfant, en bois sculpté et polychromé. XVIIe siècle.

56 — Sainte Famille. Groupe en bois sculpté et doré. XVIIe siècle.

57 — Glace, cadre à fronton orné d'un vase. Bois sculpté et peint. Style Louis XVI.

58 — Deux glaces, à fronton en bois sculpté et doré. Époque Louis XVI. (Seront divisées.)

59 — Baromètre en bois sculpté et doré. Époque Louis XVI.

ARGENTERIE

60 — Onze couteaux, lames en vermeil, manches en nacre, avec culots et bagues en vermeil. Premier Empire. (Écrin)

61 — Séries de couteaux de table et de dessert, lames en acier, manches en ébène, en nacre ou en argent. (Seront divisées.)

62 — Coquetiers, tasses.

63 — Cuillers à fraises et à ragoût, etc., etc.

64 — Couverts de table.

65 — Couverts à entremets.

66 — Pelle, ramasse-miettes.

67 — Petits services divers à hors-d'œuvre, à huitres, à glace, à poissons, à gâteaux.

68 — Pelle à glace.

69 — Service à poisson.

70 — Service à salade.

71 — Pince à asperge.

72 — Salières.

73 — Casserole.

74 — Couvert de voyage avec timbale, contenu dans un écrin en maroquin.

75 — Couvert de voyage, avec une timbale à pied, le tout de style Louis XV, compris dans un écrin en maroquin grenat.

BIJOUX

76 — Bague en or, ornée d'un œil de chat et de deux brillants.

77 — Paire de boucles d'oreilles ornées de perles fines et petits brillants.

78 à 108 — Lots de petits bijoux : Montres, chaines, châtelaine, médaillon, boutons, bonbonnières, bagues, broches, pendentifs, boucles d'oreilles, ornées de pierres fines, perles fines et brillants. (Seront divisés.)

BRONZES, MARBRE

109 — Deux cassolettes à quatre pieds, avec couvercle bronze ciselé et doré. Style Louis XVI.

110 — Six paires de flambeaux en plaqué.

111 — Sonnette en bronze ciselé.

112 — Deux appliques à deux lumières, formées de couronnes en bronze ciselé et doré. Époque Empire.

113 — Deux autres appliques, en forme de lampes romaines, en bronze patiné et doré.

114 — Deux groupes : *Chasse au lion* et *Chasse au tigre.*

115 — Cavalier en costume antique, sur une console soutenue par deux cariatides.

116 — Groupe : *Jeune femme et chevreuil.*

117 — Groupe : *Saint Vincent de Paul et enfants.*

118 — *Diane de Gabies*. Statuette bronze.

Haut., 85 cent.

119 — Buste d'homme en marbre blanc. Signé : *A. Oliva, 1856*.

PENDULES

120 — Pendule, forme de vase, en bronze ciselé et doré. Époque Empire.

121 — Pendule-cage en acajou. XVIIIe siècle.

122 — Pendule, ornée d'une figure de femme personnifiant l'Abondance, en bronze doré sur socle en marbre rouge. Époque Empire.

123 — Pendule en biscuit bleu et blanc, ornée d'une figure de Fileuse ; ornements en bronze ciselés à palmettes, etc. Fin du XVIIIe siècle.

124 — Pendule, à mouvement supporté par un éléphant et surmonté d'une figure d'amour tenant la table des heures ; terrasse à rocaille. Époque Louis XV.

MEUBLES, SIÈGES

125 — Grand coffre, garni de cuir et clouté. XVIIe siécle.

126 — Deux écrans en acajou et feuilles de soierie peintes et brodées dans le goût chinois.

127 — Petite table à bésigue chinois en marqueterie fleurie sur fond de palissandre. Travail hollandais, de la fin du XVIIIe siècle.

128 — Petite table ronde à thé à une étagère en marqueterie de vases fleuris. XVIIIe siècle hollandais.

129 — Deux vitrines en bois d'ébène appliqué d'écaille, à filets de cuivre; galerie en bronze ajouré et doré, reposant sur une table-console.

130 — Bureau à dos d'âne en palissandre, orné de bronzes. Style Louis XV.

131 — Lit de repos en acajou.

132 — Console en acajou à colonnes; ornements en bronze ; marbre noir. Époque Empire.

133 — Table à jeu, demi-lune, en acajou, pieds cannelés: ornements en bronze. Époque Louis XVI.

134 — Deux encoignures supportant une étagère en bois de rose. Style Louis XV.

135 — Piano droit, de *Érard*, en palissandre, filets cuivre.

136 — Armoire à glace en acajou et cannelures de cuivre.

137 — Table de nuit en palissandre, ornée de bronzes et filets de cuivre.

138 — Petite table à trois tiroirs et tablette en palissandre, ornée de bronzes. Époque Louis XV.

139 — Table-bouillotte, à pied central et trois pieds-griffes, en acajou verni et boutons en cuivre. Époque Empire.

140 — Deux étagères en acajou ciré. Époque Empire.

141 — Bureau à cylindre en acajou, intérieur en citronnier, orné de motifs, appliques et chutes en bronze doré. Époque Empire.

142 — Table-bureau en acajou et filets de cuivre, pieds cannelés. Époque Louis XVI.

143 — Petit chiffonnier étroit en bois de placage et marqueterie ; marbre rouge. Style Louis XVI.

144 — Petite table de chevet, de forme ronde, sur quatre pieds et tablette d'entrejambes, en bois de rose et filets de marqueterie, XVIIIe siècle.

145 — Table analogue au précédent numéro, de style Louis XVI.

146 — Petit bureau de dame, de forme ovale, avec casier supérieur, quatre pieds et table d'entre-jambes en bois de rose et filets de marqueterie. Galerie et ornements en bronze. XVIIIe siècle.

147 — Petite commode de forme contournée, à trois tiroirs en bois de rose et filets de citronnier, ornements en bronze, marbre rouge royal. XVIIIe siècle.

148 — Deux encoignures, décorées de sujets chinois peints en grisaille sur fond bis, marbre blanc. XVIIIe siècle.

149 — Secrétaire droit à un tiroir, un abattant et deux portes en bois de rose et marqueterie croisée; ornements en bronze; marbre brèche. Style Louis XVI.

150 — Grand lit de repos en bois sculpté et laqué gris. Style Louis XV.

151 — Fauteuil et pouf analogue.

152 — Lit en noyer sculpté, à pilastres et panaches. Style Louis XVI.

153 — Deux chaises en bois doré. Style Louis XV.

154 — Chaise légère en bois laqué, recouverte de tapisserie au point.

155 — Cartonnier bas en citronnier, filets palissandre; galerie bronze.

156 — Deux banquettes en bois doré, garnies de velours appliqué de motif de tapisserie ancien point.

157 — Un fauteuil en noyer sculpté, recouvert de tapisserie au point à fleurs. Style Louis XIII.

158 — Autre fauteuil en noyer sculpté, recouvert de tapisserie au point à fleurs. Style Louis XIII.

159 — Quatre chaises en bois sculpté à colonnettes et peint, d'époque Louis XVI.

160 — Quatre fauteuils en bois sculpté à chapeau et peint, d'époque Louis XVI, recouverts de tapisserie au point à fleurs.

161 — Deux bergères en bois sculpté à chapeau et peint, d'époque Louis XVI, recouvertes de velours rouge et bleu paon.

162 — Fauteuil en chêne tourné, recouvert d'ancienne tapisserie des Flandres, à petits personnages et ornements.

163 — Deux chaises en bois sculpté, à palmettes, de style Louis XVI, recouvertes d'ancienne tapisserie d'Aubusson à bouquets de fleurs, du XVIIIe siècle.

164 — **Décoration murale**, comprenant cinq grands panneaux et deux plus étroits en ancien cuir décoré, sur fond d'or gaufré, de fleurs et d'oiseaux. XVIIe siècle.

Haut. des 5 grands panneaux, 2 m. 40 cent.; larg., 1 m. 40 cent.
Haut. des 2 petits panneaux, 2 m. 40 cent.; larg., 73 cent.

TENTURES

165 — Paire de rideaux en damas rouge.

166 — Rideaux en toile de Jouy ou de Perse.

LIVRES

167 — Nombreux ouvrages sur la littérature française. (Seront divisés.)

168 — Intéressant album d'autographes.

DIVERS

169 — Batterie de cuisine en cuivre et fer blanc.

170 — Vaisselle.

171 — Verrerie.

172 — Quantité de linge de maison.

173 — Mobilier.

174 — Tapis, Tentures.

175 — Objets omis.

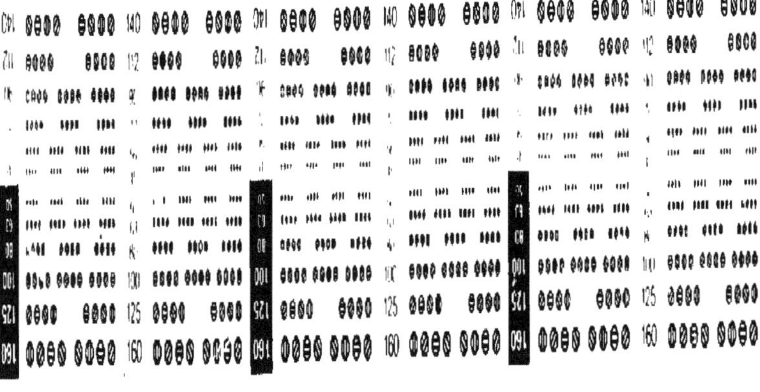

MIRE ISO N° 1
NF Z 43-007
AFNOR
Cedex 7 - 92080 PARIS-LA-DEFENSE

graphicom

www.ingramcontent.com/pod-product-compliance
Ingram Content Group UK Ltd.
Pitfield, Milton Keynes, MK11 3LW, UK
UKHW022153260726
13993UKWH00005B/2350